Le petit monde merveilleux

Gustave Akakpo

Illustrations de Dominique Mwankumi

Grasset-Jeunesse

ISSN : 1281-6698
ISBN : 978-2-246-64651-8

© 2007 Editions Grasset & Fasquelle
pour le texte et les illustrations.

Loi n° 49-956 du 16 juillet 1949
sur les publications destinées à la jeunesse.

Mercredi

Ce matin j'ai eu une super idée. Sur le buffet du salon de notre maison, traîne un vieux petit agenda. Dans toute la maison, personne ne s'intéresse au vieux petit agenda. Sauf peut-être papa qui l'utilise de temps en temps pour couvrir son verre contre les mouches ; ou alors maman, qui s'en sert des fois pour s'éventer. Heureusement qu'Ona, ma petite sœur, ne s'est pas encore intéressée au vieux petit agenda ; elle ne sait faire que manger, crier et tout casser. Ce qu'elle ne peut pas casser, elle le déchire ; ce qu'elle n'arrive pas à déchirer, elle le mange. Heureusement, elle sait aussi dormir. Si seulement elle pouvait dormir tout le temps ! Mais elle se réveille bien trop souvent et à n'importe

quelle heure. Normalement, la nuit est faite pour dormir. Mais Ona, elle, prend un malin plaisir à lancer ses cris perçants, surtout lorsque je dors à poings fermés. Et le plus énervant, c'est lorsque je fais mon rêve préféré : je suis un prince de la lignée de Soundjata Kéïta et, paré de mon *kinté** aux couleurs vives, je parcours mon royaume sur mon fidèle destrier. Le meilleur moment du rêve, c'est lorsque je vais délivrer la belle princesse, après avoir terrassé le crocodile volant avec mon sabre laser. En reconnaissance, la princesse, tout émue, m'embrasse comme au cinéma. Ona choisit toujours le moment où la princesse s'apprête à m'embrasser pour crier. Je me réveille en sursaut ! Et à chaque fois maman répète : « Elle ne l'a pas fait exprès. » Elle s'imagine peut-être que je vais la croire ! Lorsque je lui dis qu'Ona pousse toujours ses cris au meilleur moment du rêve, elle dit que c'est une coïncidence. N'importe quoi ! Je sais ce que c'est qu'une coïncidence. Lorsque maman entre dans la cuisine juste au moment où je mets des morceaux de sucre en trop dans ma bouillie, ça c'est une coïncidence ! Lorsque l'Afrique s'est retrouvée sur le chemin des bateaux des vendeurs d'esclaves, ça c'était une coïncidence ! Et lorsque les troupes

françaises ont vaincu Béhanzin et ses amazones, ça aussi c'était une coïncidence ! Mais Ona, elle, c'est une véritable catastrophe !

Heureusement qu'elle n'a pas encore remarqué le vieux petit agenda. Ma super idée, c'est qu'à partir d'aujourd'hui, je vais y écrire mon journal. C'est tout de même mieux que de s'en servir comme couvre-verre !

D'abord, petit agenda, je vais te donner un nom. À partir d'aujourd'hui, tu t'appelles… je ne sais pas. Je vais encore chercher. Je n'ai jamais écrit un journal, alors je ne sais pas comment faire. Mais d'abord, je crois que je vais me présenter, et aussi parler de mon petit monde.

Moi, c'est Kékéli. J'ai dix ans. Je vais à l'école. Mes parents : maman, plutôt jolie. Même si elle est sévère et qu'elle crie tout le temps. C'est à elle qu'Ona ressemble, je crois. Papa, moins sévère que maman, mais ne rit pas souvent. Il travaille tout le temps, mais il est très marrant lorsqu'il se met en colère : il bafouille.

Mamie, ma grand-mère maternelle. Maman dit que c'est une grand-mère gâteuse, mais ce n'est pas vrai. Au contraire, elle est adorable, sauf quand elle insiste pour qu'on se lave au moins cinq fois par jour. On voit bien qu'elle ignore tous les problèmes de pénurie d'eau dans le monde.

Tassivi, la petite sœur de mon père. En principe c'est ma tante. Mais comme elle n'a que douze ans, je la considère comme une petite cousine. Maman dit que ce n'est pas bien ainsi, mais ce n'est pas ma faute si grand-papa paternel a continué à faire des enfants longtemps après que papa a grandi.

Daniel, mon petit frère, sept ans. C'est mon complice de jeux. Mais des fois il est lent à se décider, alors il faut le bousculer un peu.

Ona ma petite sœur, une véritable catastrophe.

Je tombe de fatigue. À demain. Demain c'est la rentrée.

---

* Pagne traditionnel ghanéen tissé artisanalement.

Jeudi

La rentrée ne s'est pas passée comme je l'avais souhaité. En fait, j'ai attendu pendant toutes les vacances pour revoir Amivi. C'est la sœur d'un camarade d'école, Folly. Celui-là je lui aurais volontiers mis un crapaud dans la bouche, avant de le bâillonner et de le ligoter, parce que c'est un cafteur de première. Mais le problème c'est qu'il est le frère d'Amivi. Et Amivi est très jolie. Souvent, je me demande ce qui lui a pris, à elle, d'avoir un frère comme ça.

L'année passée, Amivi était dans une autre école. Au pique-nique de fin d'année de la nôtre, elle était venue avec son frère. Avant leur arrivée, Bouboule et moi avions préparé un coup pour Folly. Nous voulions lui proposer de jouer au "devinette-nez" avec nous. Je t'explique le jeu : il y a un candidat. On lui bande les yeux et on lui met quelque chose à sentir sous le nez, et il doit deviner ce que c'est. Ce jour-là donc, nous avions préparé un mélange piquant de grains de poivre et de piment rouge.

Je trémoussais déjà de joie à l'effet que cela produirait sous le nez du rapporteur. Et voilà qu'il s'était amené avec une fille super jolie :

– Salut les gars ! Je vous présente Amivi, ma petite sœur.

– Moi c'est Bouboule, dit Bouboule, alors que je restais bouche bée et les yeux écarquillés.

– Qu'est-ce que vous faites ? demanda Folly.

– On a un super jeu à te proposer, répondit Bouboule, alors que j'étais toujours bouche bée et les yeux écarquillés.

– Quel jeu ? interrogea Folly, déjà méfiant.

– "Devinette-nez", répliqua Bouboule. Tu connais la règle : on te fait sentir un truc et tu dois deviner ce que c'est.

– Je veux pas ! protesta Folly. Je sens que vous me préparez un coup.

– Mais non, reprit Bouboule. C'est juste un jeu. Tu vois cette petite boîte ? Tu dois deviner ce qu'elle contient. Est-ce que je te montrerais la boîte, s'il y avait quelque chose de méchant ?

– Euh… je ne veux pas ! protesta de nouveau Folly, dubitatif.

– Moi je veux jouer avec vous ! s'écria Amivi. Catastrophe ! Voilà qu'elle s'était déjà mis elle-même le bandeau sur les yeux.

– Alors, ça vient, euh… comment tu t'appelles, toi ? demanda-t-elle en tournant la tête dans ma direction.

– Euh... Kékéli, bredouillai-je.

– C'est joli comme prénom, reprit-elle. Alors, ça vient ?

– Vous êtes sûrs qu'il n'y a rien de méchant dans votre jeu ? s'enquit Folly qui avait pris la boîte des mains de Bouboule.

– Non, enfin… bafouilla Bouboule.

Folly ouvrit la boîte et, sans en vérifier le contenu, la mit sous le nez d'Amivi. Elle renifla doucement, puis d'un coup. Les grains de poivre et de piment volèrent dans son nez. « ATCHOUM ! » On aurait cru que son nez allait voler en éclats.

– Ça pique ! hurla-t-elle. De l'eau ! De l'eau !

– Voilà ! rouspéta Folly. Vous me prépariez un coup.

Bouboule courut rapidement chercher de l'eau.

Folly nous accablait de reproches. Amivi sautillait de douleur. Moi, j'étais cloué sur place.

Inutile de te dire qu'après cette première rencontre, Amivi ne voulait plus entendre parler de moi. Et Folly restait collé à elle comme à son ombre.

Aujourd'hui, à la récréation, j'ai donc essayé de lui parler. Mais elle me boudait toujours. À la reprise des cours, j'eus alors l'idée de lui envoyer des petits mots sur des bouts de papier. J'ai rapidement constitué, entre sa table et la mienne, un petit réseau d'acheminement du courrier : moi, Bouboule, et… Folly. Eh oui ! Je n'ai pas pu éviter le cafteur. Il était le plus proche de la table d'Amivi.

Le réseau fonctionnait bien, quand, tout d'un coup, Folly a ouvert un de mes feuillets pour lire. Je n'ai pas pu m'empêcher de lui faire de grands gestes. Évidemment, l'instituteur a remarqué mon petit manège. Je me doutais bien qu'il allait nous menacer et réclamer le cerveau du réseau. Eh bien non ! Il n'a même pas eu besoin de lancer des menaces : Folly m'a dénoncé vite fait. Conséquence : je suis retenu pour balayer la cour de l'école à midi, à la sortie des classes.

Très mauvais pour ma réputation ! Un petit groupe de moqueurs s'est rapidement formé, comme une nuée de mouches, autour de moi. « Regardez ! Kékéli le frimeur est devenu Kékéli le balayeur ! » En plus de ça, il faisait une chaleur terrible. Le soleil dardait méchamment ses rayons comme s'il m'en voulait personnellement. Ces temps-ci, il fait encore plus chaud qu'avant, et je sais pourquoi. Je vais te dire : avant, il y avait beaucoup d'arbres sur terre. Les arbres savent comment faire pleuvoir, et ils donnent de la fraîcheur. Maintenant les pluies sont de plus en plus irrégulières, parce que les hommes ont coupé et brûlé beaucoup d'arbres, pour construire des villes, aménager des terres à cultiver, fabriquer du charbon ou avoir du bois à vendre. Le problème, c'est qu'ils ne pensent pas à en planter d'autres à la place de ceux qu'ils ont massacrés. Tu vois, c'est de la faute de tous ces massacreurs d'arbres, si le soleil m'a bien brûlé aujourd'hui.

Maintenant, j'ai pris une décision : fini Amivi. Je ne veux plus entendre parler d'elle. C'est aussi de sa faute si la chaleur ne m'a pas épargné aujourd'hui.

Vendredi

Elle m'a parlé ! Amivi m'a parlé !
Extraordinaire, non ?
Aujourd'hui, à la récréation, je ruminais tout seul dans mon coin la journée d'hier, lorsqu'elle s'est approchée de moi. Et pas la moindre trace de son frère à ses côtés !

– Bonjour, m'a-t-elle dit, je peux m'asseoir à côté de toi ?

– Euh… bredouillai-je.

– Merci, reprit-elle en s'asseyant. Tu sais, je me sens responsable de ce qui t'est arrivé.

– Ah oui ? demandai-je, n'en croyant pas mes oreilles.

– Oui, si je ne t'avais pas boudé…

– Non ce n'est rien, répliquai-je, lui coupant la parole. Ça veut dire que tu m'as pardonné ?

Au lieu de répondre, elle jeta un coup d'œil rapide autour d'elle, et m'embrassa sur le front. J'étais si agréablement surpris que, ne sachant pas quoi dire, je lui proposai de lui faire visiter bientôt mon petit monde merveilleux.

Lorsque je suis rentré à la maison, j'étais si heureux que je n'arrivais pas à manger. Je n'ai même pas piqué une crise de colère lorsqu'Ona s'est mise à brailler comme à son habitude. Maman m'a demandé si j'étais malade. Mamie a dit que je devais me sentir mal, parce que je ne m'étais pas lavé cinq fois dans la journée.

Le soir tombait, et je suis allé m'asseoir au bord de la terrasse de notre maison. Je ne t'ai pas dit, mais j'habite le plus bel endroit du monde. Là où je réside, toutes les maisons ont des pieds. Ces pieds leur permettent de rester hors de l'eau. J'habite un petit village sur pilotis, pas loin de la ville.

De ma terrasse, j'ai regardé le soleil se transformer en un disque rouge, et se faire capturer peu à peu par l'eau. Splendide ! Il s'immergea progressivement dans le lac. La nuit tomba, calme, à l'exception des grillons qui se lançaient des cris d'amour. Puis, toutes les lumières de la ville tombèrent dans l'eau. Le doux mouvement du lac les faisait danser à la surface. Au-dessus, le ciel obscur portait ses mille et une petites lumières comme un magnifique manteau perlé. Je me suis alors senti proche de l'univers tout entier comme si j'en étais le fils unique. Voilà ! C'est mon petit monde merveilleux. J'aurais aimé avoir Amivi à mes côtés, lui montrer cette merveille. Malheureusement nous ne nous verrons pas avant lundi. Le week-end à venir me semble déjà long. Qui donc a eu l'idée de mettre la rentrée en fin de semaine ?

Lundi

Je ne t'ai pas parlé de tout le week-end, parce que
je mourais d'inquiétude. Je suis toujours inquiet.
En effet, depuis samedi, le lac a commencé à
exhaler une drôle d'odeur. Une odeur de
cadavre.

Tout d'abord, nous avons cru que ça venait de la
maison. Sans doute une grenouille morte quelque
part dans un coin de la chambre, sous quelque
chose. Maman a mobilisé toute la maisonnée, à
l'exception de papa parti tôt le matin à la pêche.
Nous avons tout soulevé, lits, tabourets, fau-
teuils, tables, cloportes : rien. Nous avons regardé
dans chaque recoin de la chambre : rien. Je me
suis même demandé si Ona n'avait pas fait ses
besoins dans ses couches. Avec mille précau-
tions, et malgré ses protestations, j'ai approché

mon nez de ses fesses : toujours rien. C'est à ce moment-là que Daniel remarqua qu'il y avait le même remue-ménage chez nos voisins. Maman se mit alors à la fenêtre, pour s'enquérir des nouvelles. Les voisins lui confièrent qu'ils sentaient aussi une drôle d'odeur, et qu'ils avaient pensé que c'était un corps de grenouille qui pourrissait dans un coin. Et c'était pareil chez les voisins de nos voisins, et ainsi de suite. Soudain, nous sentîmes une pirogue accoster au niveau de notre cabane. Papa monta l'échelle, le visage déconfit. Arrivé sur la terrasse, il lâcha d'une voix grave : « Le lac sent la mort. »

Le lendemain, dimanche, l'odeur se fit encore plus forte. Nous avions l'impression qu'elle se collait à notre corps, à nos vêtements, même à notre nourriture. Ce n'était plus possible de respirer. Moi, j'ai versé tout un flacon de parfum de maman sur mon mouchoir, et je me suis bâillonné le nez avec. Je le porte toujours sur le nez.

En début d'après-midi, tous les notables du village ont tenu une réunion dans la cabane du chef. Tassivi s'est cachée derrière la cabane, pour écouter ce qu'ils se disaient à propos du lac. Ce fut d'abord le doyen, le vieux Houézou, qui prit la parole. Il expliqua que les génies du lac étaient fâchés. Avant, le lac était considéré par tous comme hautement sacré, et l'homme n'y jetait pas n'importe quoi. Ce n'est plus le cas des nouvelles générations. Papa répliqua que le lac sentait mauvais et que les génies n'avaient rien à y voir : c'était exclusivement de la faute des villageois qui ne l'entretenaient plus. D'autres intervenants ajoutèrent qu'il fallait faire des cérémonies en l'honneur des génies. D'autres encore avancèrent qu'il y avait sans nul doute un cadavre dans l'eau. À la fin de la réunion, personne n'avait pu s'accorder.

Aujourd'hui je me suis trouvé tout bête lorsque Amivi m'a rappelé ma promesse : « Dis, tu me montreras ton petit monde merveilleux ? » Comment lui expliquer que mon petit monde merveilleux exhale maintenant une odeur de cadavre ? Je ne savais pas quoi dire, d'autant plus que ce cafteur de Folly a trouvé malin d'ajouter : « Ne crois pas tout ce qu'il dit. Kékéli raconte souvent des fabulations pour impressionner. » Je ne sais pas comment je me suis retenu de l'étrangler sur-le-champ. Maintenant, si j'essaie de tout expliquer à Amivi, elle ne me croira pas. Pourtant, toi tu sais que mon monde merveilleux existe ! Enfin, il existait.

Mardi

Le lac sent encore plus mauvais. À présent, une affreuse croûte verte s'est formée à sa surface. À l'école, j'ai évité de me retrouver avec Amivi. Elle voulait me parler. Je me doutais qu'elle allait me rappeler ma promesse, alors j'ai prétexté que Daniel avait la diarrhée et qu'il fallait que je m'occupe de lui. Malgré ses protestations, je me suis enfermé avec lui dans les toilettes pendant toute la récréation. Pour le calmer, je lui ai fourré du chocolat dans la bouche. Malgré cela, il protestait encore : « On manche pach dans lèch tchoilettes. »

Heureusement, l'après-midi, nous n'avions pas classe. Jamais je n'aurais pensé qu'un jour j'inventerais plein de subterfuges pour éviter Amivi. Cela me fait très mal, car j'ai quand même envie d'être avec elle.

Cet après-midi, un monsieur est venu dans la cabane du chef. À sa manière de descendre de la pirogue qui l'a amené, je me suis rendu compte qu'il n'avait pas l'habitude de ce genre de loco-motion. Il était accompagné de trois autres per-sonnes. Mais à sa façon de leur parler, je me suis dit qu'il devait être le chef. Je me demande si sa visite a un rapport avec l'odeur du lac. Qui est-il ? J'ai aussi remarqué qu'il y avait de plus en plus de mouches. De grosses mouches vertes ! Impossible de manger ou de dormir en paix. Je me demande si ce ne sont pas les visiteurs qui les ont amenées.

Mercredi

Aujourd'hui, je ne suis pas allé à l'école. J'ai joué au faux malade, parce que je ne savais pas quoi raconter à Amivi. Maintenant, l'odeur du lac est insoutenable. Nous avons tous en permanence un bâillon sur le nez. La croûte verte à la surface du lac a viré au gris, avec de part en part une mousse d'une couleur blanchâtre. Sur cette croûte, des îlots de déchets : sachets, bouteilles, canettes, boîtes de conserve, papiers, tissus… et des poissons morts.

Ce matin, le monsieur est revenu. Pendant toute la matinée, ses compagnons ont plongé dans l'eau. Avant, ils se sont habillés comme des cosmonautes. Après, ils ont pris l'eau du lac dans des petites boîtes.

L'après-midi, le chef a fait mettre à l'eau toutes les pirogues. Tout le village y a pris place, petits comme grands. On aurait dit un jour de marché. Un bien triste jour de marché, car personne n'avait le sourire. Le chef a d'abord présenté nos visiteurs : le monsieur travaille pour le gouvernement, et ses compagnons sont des hydrographes, des médecins du lac. Le monsieur du gouvernement avait de graves révélations à nous faire : il a pris la parole et nous a expliqué que le lac était malade, parce que pendant des années, nous y avons jeté n'importe quoi : déchets domestiques, eaux ménagères, restes alimentaires, déjections humaines... Une partie de la ville y convoyait même ses eaux usagées. Enfin, le manque de pluie a fait baisser le niveau du lac, son eau ne coule plus, et les déchets restés tout au fond remontent à la surface. Pollué, le lac ne respire plus, et ses habitants, les poissons, se meurent.

Le soir, je suis sorti sur la terrasse, espérant, malgré tout, voir le disque du soleil capturé par les eaux. Le cercle rouge disparaissait à l'horizon, mais le lac n'arrivait plus à jouer avec lui. La nuit est tombée, et les lumières de la ville ne dansaient plus sur l'eau. Les grillons avaient tu leur cri d'amour. Au-dessus, le ciel portait ses mille et une petites lumières comme des larmes qui hésitent avant de tomber sur terre. Je me suis senti seul, et j'avais l'impression que l'univers tout entier était malade. De petites larmes chaudes ont coulé de mes yeux.

Ona est tombée malade. Vraiment malade, pas faussement malade comme moi. Elle avait la diarrhée, et maman a dit qu'elle devait aussi avoir mal au ventre. Toute la nuit elle n'a pas arrêté de pleurer et de crier.

Jeudi

Je ne suis pas retourné à l'école. Le monsieur du gouvernement est revenu. Aujourd'hui, il était accompagné de deux docteurs. L'un des docteurs a ausculté Ona. Il a dit qu'elle avait le choléra. Il a expliqué que le choléra est une grave maladie contagieuse, qu'on attrape facilement dans un endroit malsain. Mon petit monde merveilleux est devenu un endroit malsain. Maman a pleuré. Ona a beaucoup maigri en une seule nuit. Maman, Tassivi et papa l'ont, sur ordre du docteur, amenée de toute urgence à l'hôpital. Je frémis de peur à chaque fois que je pense à elle.

L'après-midi, je suis resté seul avec Daniel et Mamie à la cabane. Tout d'un coup, Daniel a eu des crampes douloureuses dans les bras et les jambes. Puis il a vomi. Après, il n'arrêtait pas d'aller au petit coin. Mamie lui a donné beaucoup d'eau potable à boire, suivant les recommandations du docteur. Lorsqu'il s'est un peu calmé, je l'ai obligé à se reposer sur la natte. Le petit fou ! Malgré sa grande fatigue, il voulait partir sur la berge retrouver ses camarades de jeux. Décidément, les enfants, de véritables petits diables ! Lorsque je me suis assuré qu'il allait un peu mieux, je suis parti derrière notre cabane, pour rester un peu seul. Je ne sais pas quand mes yeux se sont embués de larmes. Soudain, j'ai entendu une voix familière dans la cabane : « Bonjour mémé. Daniel, tu es malade ? Où est ton frère ? » Rapidement, j'ai essuyé mes larmes et j'ai fait le tour de la cabane, et merveille ! Je ne m'étais pas trompé : c'était Amivi, accompagnée de Bouboule et évidemment de son frère.

— J'ai appris que tu étais malade, reprit-elle, et j'ai demandé à Bouboule de me conduire ici.

— Ça sent drôle chez toi, ajouta Folly. On dirait que tu as pété dans la maison.

Je n'ai même pas eu envie de l'étrangler. Je leur ai expliqué que le lac était malade.

— Où est ton petit monde merveilleux ? demanda Amivi.

— Malade aussi, murmurai-je. Mon petit monde merveilleux apparaissait chaque soir sur le lac. Maintenant le lac souffre, par notre faute.

Lorsque le soir a commencé à tomber, Amivi m'a dit :

– Montre-moi où naissait ton monde merveilleux.

– Mais, rétorquai-je, plus rien n'est beau ici.

– Montre-moi quand même, insista-t-elle.

Je l'ai alors emmenée sur la terrasse, et je lui ai montré le soleil, les lumières de la ville et le lac qui pourrissait comme un cadavre. Elle a pris ma main dans la sienne, et je ne me suis plus senti seul. Je me suis dit que si un jour je dois me marier et avoir des enfants, peut-être avec Amivi, je dois faire tout mon possible pour que le lac guérisse. Pour mes enfants.

À la nuit tombante, maman est rentrée. Ona va mieux. Mais maman semblait très fatiguée. Elle a dit que nous devions tous quitter le village, sinon nous tomberions tous malades. Elle ne savait même pas où nous pourrions aller. Amivi m'a proposé de venir chez elle, en ville. Dans sa maison, il y a assez de place pour toute ma famille. Elle est gentille mais c'est trop risqué : avant la fin du séjour j'aurais certainement étranglé son frère.

Mes amis sont repartis, et maman est retournée avec Daniel à l'hôpital.

Vendredi

Le monsieur du gouvernement est encore venu. Il a trouvé une place où nous loger en ville. Il faudra des mois de travail pour guérir le lac.

Papa est revenu de l'hôpital. Daniel va mieux. Le docteur a dit qu'heureusement, maman l'a amené à temps.

Je ne peux plus continuer mon journal dans le vieux petit agenda. Les dernières pages ont été déchirées. Je soupçonne Daniel et sa diarrhée, mais je ne lui en veux pas.

Petit journal, je t'ai enfin trouvé un nom : *Lébéné*, ce qui signifie « prends soin d'elle » ; prends soin de la nature.

Première édition, dépôt légal : février 2007
Nouveau tirage, dépôt légal : octobre 2019
N° d'édition : 21153
Conception et réalisation maquette : Joëlle Leblond
Maquette de couverture : Alice Nussbaum
Photogravure : Domigraphic
Impression et brochage : Imprimerie Pollina - 91269
Imprimé en France